바다 쪽으로
피는 꽃

한국정형시 004 ● 김연미 시조집

바다 쪽으로
피는 꽃

이미지북

가을 초입에 와서야 뒷모습이 보입니다.
기억나지 않는 저 낯설음.

봄 여름 골라내도 자갈 가득한 밭입니다.
서툰 호미질도 때론 아름다움이지 않을까….

휘어진 생각을 딛고
가여운 풀씨 하나 부끄럽게 내밉니다.

—2014년 가을 초입에

바 다 쪽 으 로 피 는 꽃

제 2부 | 안개의 집

제 3 부 | 볍씨의 꿈

제1부
마흔 살의 방정식

마흔 살의 방정식   가을의 쉼표   아주 작은 파장을 위하여   밤에 쓰는 시   동화 속으로   자목련   노을   수평선을 지우다   마흔 살의 귀항   유리창에 흐르는   우회로에 뜨는 별   부화기   직선 위에서   겨울 부용화   밤이 길게 서 있다   거미의 설계도

마흔 살의 방정식

갈 데까지 가는 거야 원초적 미지수 찾아
제가 가진 양 만큼씩 할 일 끝낸 이름들이
손 털며 돌아가버릴 맨 끝의 그 길까지

더하거나 빼거나 결국엔 똑같다는
나눈 만큼 곱절이 되는 삶의 공식들이
굳건히 참이라는 걸 형제처럼 믿으며

마음을 주다보면 얼굴마저 닮아질 거야
몸 비비며 산다는 동류항 저들끼리
어느새 길도 같아져 보폭마저 같아져

먼 길 돌아 돌아 결국엔 제 속에 드는
홀로 남은 X의 값이 나와 마주 설 때
거기에 정답이 있을까 바다 되어 눕는 날

가을의 쉼표

1

백미러를 본다 가끔,
뒤처진다 느껴질 때
생각의 병목현상 깊어지는 이 가을
아무도 따라오지 않는 뒤가 자꾸 궁금해

성판악 가까워졌나
오르막이 힘들다
알피엠 높아지는 마흔 살 중턱에서
백치의 낯빛으로 선 이정표도 지나고

2

안개가 깊어지는 가을날의 휴게소에
흥허물 다 내리고 슬쩍슬쩍 어깨 치는
내 또래 굴참나무들
맨몸으로 다가와

아무도 내려갈 길 걱정하지 않았다
내 삶의 문단처럼 주차된 차량들 뒤로

깜박이 시동을 끄고
쉼표 하나 찍는다

아주 작은 파장을 위하여

낡은 책갈피에 반듯한 클로버 한 잎

이십 년 터널 속을 말없이 건너와서

잊었던 행운의 시간 내 앞으로 내민다

어제 같은 오늘이 직선으로 흘러가는

일상의 작은 파장, 그 떨림으로 다가온

간절한 구절 하나를 두 손으로 받는다

밤에 쓰는 시

수평선 밑줄 위로 문장 길게 이어진다
음보와 음보 사이 전등들을 켜 달며
비 온 뒤 맑은 어둠을 배경으로 내리며

바람도 조심스레 볼륨을 낮추는 시간
물살의 선율들이 가슴까지 차오를 때
오래된 나무배 한 척 어둠 속으로 떠난다

반전의 종장까지 몇 밤을 지새야 할까
잡어雜魚들만 가득한 비릿한 갑판 위엔
마지막 음보 하나가 끝내 빈 칸으로 남고

빠져나간 생각들은 대어大魚로 돌아올 거야
그물코 성긴 틈새를 희망이라 믿으며
더 깊은 어둠 끌어와 불빛들을 밝힌다

동화 속으로

손가락 바늘로 찔러 핏방울 떨궈볼까
백설 공주 피부 같은 함박눈 내리는 밤
도심지 불면을 덮고 꿈이 가득 부푼다

접촉 불량 기억을 직렬로 연결하면
반짝반짝 켜지는 동화 속 이야기들
순백의 영혼을 가진 눈동자도 빛나고

지워진 그 발자국 어디쯤에 있을까
숲 속의 일곱 난쟁이 만날 것만 같은 밤
고화질 꿈을 켜들고 날개 다시 펼친다

자목련

벙글벙글 피었네
입꼬리 활짝 올리고
성공의 팔십 프로 눈치에 달렸다는
처세술 하얀 속살의 백목련이 빛날 때

1, 2, 3 순위 안에 들어 본 적 없었다
시간의 뒤를 따라 우직하게 걸어가는
마흔넷 뒤늦은 나이 연륜이라 믿으며

늦게라도 꼭 올 거야, 대기만성 꽃 피울 날
초저녁 끝나버린 꽃 잔치 그늘 건너
보라색 등불을 켜고
가만 가만
그가
왔다

노을

바람의 끝자락마다 하고픈 말 저리 많아
바다도 가끔은 꽃이 되고 싶은 거다
그리움 넘칠 때마다 접었다가 풀었다가

저 혼자 번지는 게 노을일까 상념일까
끝나지 않는 무한소수 그 길을 따라가다
갈림길 이르러서야 또 다른 나를 본다

지나온 오르막엔 무엇을 두고 왔나
미련 잡힌 손바닥 선선히 펴지도 못해
사랑을 버릴까 말까 이 길이 너무 힘겨웠지

받은 만큼 내준다는 세월의 계산법 따라
저렇게 꽃 피우는 바다가 참 고마워
본색을 다 내주고서 노을 앞에 나와 선다

수평선을 지우다

오목렌즈 속으로 섶섬이 들어왔다
바다와 하늘조차 이분법 선을 긋는
자존심 꼿꼿이 세우며 등 돌리고 선 날

초보자 붓칠 같은 보목리 포구에 서면
도화지 어느 한 쪽 작은 섬이 되고 싶다
돌아온 하얀 꽃들을 다독이며 재우는

무너지고 나서야 다가설 수 있다 했지
이름과 이름 사이 수평선 지우고 나면
배경도 속셈도 없이 다가오는 작은 배

마흔 살의 귀항

깃 내린 한 바다가 바닥까지 비에 젖네
빈 몸을 내뭏인 채 말이 없는 저 고깃배
남루의 매립지 너머 뿌리까지 드러낸

어디를 어떻게 돌아 여기까지 내가 왔나
마흔 살 끝자락에 난파된 이름들이
형체도 영혼도 없이 거품으로 떠다니고

파도의 갈피에 접힌 항로의 흔적들이
제각기 제 모습대로 돌아온 도두항에
가만히 어깨를 내린 가로등이 켜진다

유리창에 흐르는

가을과 겨울 사이 금을 긋듯 비가 온다
그 금 하나 유성처럼 내 앞으로 떨어져
오래 전 빌었던 소원
겨울 앞서 왔구나

집 떠난 별들이 내려 하늘이 된 유리창에
주춤주춤 길을 찾다 주루룩 깨달아버린
말없이 내게로 흐르던
강 하나가 있었지

굴절된 시간 너머 길은 늘 흐려지고
간절함 커질수록 나는 더 무거워져
바람의 작은 파장에도
몸을 떨고 있었다

우회로에 뜨는 별

생각의 틈 사이로 문을 열고 나간다. 골몰했던 하루
가 괄호 안에 다 묶이고
　혼잣말 소란한 퇴고가 목까지 잠겨들면,

사설만 풀어대다 쉼표 하나 못 찍었다. 전조등도 켜
지 않은 성급한 저 추월들
　일차선 어느 끝점에 마침표를 찍을까

눌러놓은 야생의 기질 뾰족뾰족 일어서는, 직진 코스
속도감 슬며시 늦춰본다.
　쓸어낸 가슴골 깊이 우회로를 그리며

속도를 버리고서야 스스로 길이 되는, 비포장 옛길
향해 깜빡이 신호를 켜면
　별들도 등불을 켜고 길을 훤히 밝힌다.

부화기

고독과 손 잡는다 탈출을 꿈꾸면서
의지인가 공포인가 쉬지 않는 저 날갯짓
어쩌면 깨질지 몰라 블랙홀 낯익은 자리

망막에 가득 찬 하늘 한 올 빛을 내리고
보았니, 네게 돌아가던 저 빛의 무리를
부리로 껍질을 깨던 내 기억이 아프고

어둠이 어둠에 묻혀 눈감고 살았었지
적막에 길들여진 절규의 의성어들
또 한 겹 창문을 향해 날개를 파닥인다

직선 위에서

하늘 낮게 내려앉는 저 길의 끝점으로
습관처럼 과속하는 일상의 노을길
잉여의 물방울들이 길 옆으로 튕기고

보폭을 맞추며 걷는 가로수 틈새마다
나비의 꿈을 꿀까 애벌레 잠이 들고
경계의 직선 위에서 나는 늘 위태롭다

이끼도 저들끼리 안테나 세우는 저녁
비내해진 뿌리에 밀려 보도블릭 일이날 때
휴대폰 전원을 끄고 고치 속에 눕고 싶다

겨울 부용화

전세자금 부족한가 봐
부용화 마른 봉오리

보따리
보따리 이고
장독대만 닦고 있네

신구간
다 지나도록

이삿짐을
못 푸네.

밤이 길게 서 있다

손을 놓친 불혹이 미아처럼 서 있다
초저녁 가슴 밑으로 듬성듬성 바람 불고
반쯤 뜬 가로등 불빛
저 혼자 앞장 서고

만만하게 들춰지는 변두리 내 하루가
무채색 칸 채우며 귀가를 서두를 때
이렇게 살아도 될까
발부리가 따갑고

얼마나 남았을까 내 수첩의 빈 페이지
비어 있는 쪽으로만 몰려가는 사람들 따라
오늘도 마침표 자리
밤이 길게 서 있다.

거미의 설계도

포위망 치고 앉아 행운을 기다리지
어둠에 길들여진 야행성 발자국이
줄 타듯 소리도 없이 여린 가슴 겨누고

생과 사 그 사이에 파닥이는 탈출의 꿈
은빛의 밧줄 당겨 운명 안에 가둬넣고
나비의 몸속 깊숙이 독침 찔러 넣는다

같은 각도로 반복되는 이 그림은 무엇일까
씨줄과 날줄 사이 한 층 탑도 쌓지 못한
이차원 설계도 안에 저 혼자서 갇혀 있는…

제 2 부
안개의 집

해바라기 서 있다

밝고 높은 곳이 좋아 이왕이면 남향으로

구획정리 반듯한 화삼북로 일삼육번

치솟는
고층아파트

해바라기
서 있다.

흙 한 줌이 아쉽다 고물가 얇은 지갑

이상 기온 저성장에 입주조차 하지 못한

까맣게
불 꺼진 씨방

해바라기
서 있다.

수국

밤마다 머리맡에 푸른 등을 달았어
소나무 숲에 살던
도깨비 불빛들이
계집애 재잘거리듯 꿈속에서 놀았어

잠에서 빠져나온 개구쟁이 얼굴들이
돌담 아래 숨어들어
꽃인 양 시침 떼는
제 모양 제 색깔대로 재잘재잘 피어났어

시간 따라 변하는 게 꿈만은 아니었어
무성해진 수풀 사이
두려움과 호기심 사이
꽃 안에 꽃을 피우며 길을 찾고 있었어

열사흘 달빛 내릴 때

웃고 있는 눈동자에도 물기가 어렸다
물매화 꽃술처럼 곱게 올린 속눈썹
서른의 아홉수 문턱 눈물지듯 감았다

서리도 생목숨 골라 내려 앉던 늦가을
살아온 날과 같은 마른 덤불 깊숙한 곳
새하얀 핏빛의 얼굴 혈육 두 점 남았다

눈물의 그림자 아래 상처처럼 피는 꽃
열사흘 달빛 내리면 내 언니도 오는 걸까
이제 막 세수를 한 듯 조카 얼굴 환하다

등을 기대고

엄마 등에 제 등을 대고 책을 펴든 우리 아이

귀찮다 하면서도 가만히 힘을 빼면

오, 제법 무게 받드는 일곱 살 된 뼈마디

그래 그래 그렇게 언덕이 되어야지

살갗의 촉을 세워 등뼈를 더듬으면

7볼트 전류로 답하는 이 작은 떨림이여

산맥으로 자라거라 힘살 고루 배이도록

반듯하게 힘을 맞춘 아이 등과 내 등 사이

두 개의 심장소리가 세 마치로 울린다

보리수 열매

까까머리 성범이
볼이 빨간 영희도

눈이 큰 정미는
지금 봐도 예쁘네

늦가을 햇살 아래서
방글방글 웃고 있는,

토산교 졸업사진
여기에 있었구나

망오름 돌아가는
웃토산 올레길

보리수 가지가지에
그 얼굴들 보인다

바다 쪽으로 피는 꽃

어제
바람 불고
오늘
파도가 높다

수직의 허공을 날아간
꽃잎들은 어찌 되었을까

별도봉
벼랑에 걸린
백치 같은
들국 핀다

안개의 집

시간이 많이 지났어 여백이 더 넓어져
산등성이 넘어서는 저녁 어스름 따라
등 굽은 안개의 길이
낮은 쪽으로 흐르고

이제 겨우 이해되는 한 줄 시 그 아픔처럼
외딴집 그 길 따라서 뭉클뭉클 피다가
겹겹이 덧칠을 하듯
왔던 길을 또 간다

바람보다 먼저 떠난 그 이유 묻지 마라
문신 같은 기억들만 몸으로 새기다가
눈 감고 가라앉으면
들려올까 그 귓속말

손끝에 눈물방울 그도 눈치챘던 걸까
흔적 없이 돌아서는 하얀 등 그 너머로
올레가 길었던 그 집
불이 반짝 켜진다

섬

흐르다 멈춘 것들
모두 섬이 되었다

어둠 속 방 한가운데
깊게 가라앉고 있는

세월만
층으로 쌓인

울 어머니
뒷모습

말똥비름, 별이 되다

누구를 기다리나 봐, 눈매가 더 깊어져
화분 속 팔손이 아래 뒤꿈치 들고 살던
후천성 남의 집살이 팔다리도 가늘어

저 많은 별들 중에 깃들 집 하나 없어
스스로 별이 되고 스스로 빛을 품었지
지름길 허리춤에서 잔뿌리도 꺼내며

내 언니 그 눈망울 하늘빛에 닿았을까
깊은 그늘 아래서도 햇살처럼 웃고 살던
말똥한 별들이 내린 화분 안이 노랗다

새별오름 억새

1

해마다 한 번씩 분신공양 하는 오름
일년치 무사안녕 가득가득 피어나
휘몰이 바람 장단에 길트기가 한창이다

2

햇솜 가득하네 뽀송뽀송 부풀어
턱까지 끌어올린 두툼한 은빛 이불
북서풍 에프티에이도 거뜬하게 넘겠다

3

맹목적인 흔들림, 바람 탓은 아닐 거야
유세 현장 깃발 같은 억새밭 오르다가
섬처럼 멈춰버렸다 절대고독 그 지점

4

뿌리 질긴 것들만 모여 사는 오름이야
속전속결 4G급의 속도전 바람에도
맨땅에 바짝 엎드려 제 뿌리를 또 쓸고

5
바람도 아이가 되는 넉넉한 품안에선
배경없는 꽃씨들도 한 자리씩 차지해
단 한 번 불꽃을 위해 심지들을 돋운다.

언니의 샘

토산 땅 노단새미 씻김굿이 걸판지던
은둔 끝난 지점에 사람들 모여들어
겨우내 빨래터 굿판 그칠 줄을 몰랐다

엇박자 방망이질에 파래지던 그 노래
한 섬쯤 눈물 흐르면 해원이 되는 될까
젖은 옷 올올 사이로 얼음살이 박히던

흐르지 못할 거면 차라리 돌아가리라
한겨울 손등마다 닐신 싫이 길라질 때
산자락 뼛골을 딛고 울 언니가 저기 오네

콩깍지들의 동창회

토산의 시월 들녘 콩꼬투리 여물어 간다
여린 꽃 다 내리고 저마다 희망을 달던
육학년 마흔여덟 명 그 얼굴들 보인다

햇살을 품은 만큼 너의 꿈은 단단하리
달과 별이 되었어도 빛은 늘 뿌리에 닿고
먼 길을 돌아온 자리 어제처럼 낯익다

꼭지만 남기고 떠난 그 아이도 그랬었어
머리칼 치맛자락 슬쩍슬쩍 걷어 보는
장난끼 가득한 바람 일행인 듯 섞이고

빙그레 표정을 푸는 시월의 토산 들녘
익을수록 깊어지는 연갈색 시선마다
늦가을 잎새에 닿는 그대 손이 따뜻해

관음사 고사목

갖가지 사연마다 내줄 것은 다 주었네
마지막 인연들이 이곳에 와 깃 내리고
아버지 날숨이 저기 수묵화로 번지고

자식 위한 손끝마다 모지라지고 있었네
제 몸에 꽃 피우는 일 치매처럼 지우고
갈수록 단단해지는 간절함의 저 뼈들

뚝뚝 듣는 물소리 관음사 목탁 소리
는개의 품안에서 저녁 산이 흐느낀다
대웅전 지붕 저 너머 까마귀도 우는데…

그리움의 시작점에서

서녘 해 언 볼 비비며 붉은 담요 끌어안고
솔기와 솔기 사이 꿈이 총총 박히던 시간
맑은 물 도랑을 타고
기억 속을 흐르면,

무성영화 장면 위로 꿈결처럼 들려오는
어머니 물 긷는 소리, 아이들 빨래 소리
여기가 시작점이었어,
내 안의 그 그리움

돌아서면 끝점만 이마에 맞닿아 있던
토산땅 노단새미* 멈춰버린 웅덩이엔
별 하나 고요히 내려
혼자 젖고 있었어

* 노단새미 : 오른쪽으로 흐른다는 의미의 샘 이름.

돌담 넘을 무렵

띄엄띄엄 생색내듯 이파리 두엇 내놓고
배배꼬인 쪽으로만 기어이 방향을 틀던
콩 줄기
더듬이 끝이
돌담을 넘을 무렵,

황달 걸린 얼굴로 떡잎이 떨어진다
콩 줄기 다 키워낸 육신의 빈 주머니
아버지
그렇게 우릴
키워놓고 가셨다.

동백꽃, 지다

시한부 날짜 받고도
입술 화장 진했었지

떨어져 내린 마음까지
붉은, 붉은 꽃이다가

홑치마
끝자락부터

사그라지던
그 여자

불빛 흐르다

탯줄 묻은 거기가 그리움의 시작이지
비릿한 이야기들이 불빛처럼 맺히고
어머니 실루엣처럼 잠결에 묻어나던

꿈일까 현실일까 일렬로 늘어서서
어둠과 어둠 사이 징검돌을 이어주다
중절모 벗어든 채로 섬이 내게 다가와

흐를 수 있다는 건 돌아올 수 있다는 것
세상 한 귀퉁이 성표처럼 지켜 시서
가녀린 넋들을 위해 불 밝혀 놓은 밤

유년의 슬하를 찾아 밤을 새는 집어등에
무른 눈 깜빡이는 조간대 숨비기꽃
꽃들도 바다에 나와 불빛 따라 흐른다

겨울 연못

이상 기온 탓이려니 눈물 거기 고인 것은
싸늘하던 그 해 여름 연잎의 정수리마다
무심히 지나쳐버렸지 아득함이 깊었어

가리라, 그 많던 연緣들 하나하나 손을 놓고
빈 몸으로 돌아와 노숙에 드는 하늘
이 겨울 연못 언저리 사랑 두고 가리라

입술을 깨문다고 침묵이 전해질까
고개를 숙인다고 마음마저 허락될까
갈라진 입술 축이며 바람 한 번 물 한 번

저항과 순종이 동의어로 마르는 계절
한겨울 하가리 연못 철새처럼 그곳에 가면
살얼음 사랑에 갇힌 침묵들이 떠 있다

제 3 부
볍씨의 꿈

남수각 소묘·1

최루탄 터지듯이 벚꽃은 만발했다
가로막힌 언어들이 대자보에 피다 지는
이십대 내 시첩 안에서 그 이름은 폐허였다

우루루 섬의 바람 골목을 빠져나와
오르막 눈앞 두고 무너져 내린 개발의 파편
가슴 속 깊숙이 박혀 빼낼 수가 없었다

일상 앞에 덧칠되는 망각의 시간 안에서
이름만 겨우 남기고 새로 판을 짜는 이곳
2배속 화면 끝점에 나 이제야 와 섰다

남수각 소묘·2

낡은 이름 위에선 넝쿨들이 대세다
함부로 뱉는 말처럼 두서없는 저 촉수
대놓고 이웃집 담벽 넘어가고 있을 때

이야기책 삽화처럼 그 아이 앉아 있던
계단 계단 올라서도 여지껏 거기 그 자리
저 작은 비탈을 끼고 참 오래도 버텼구나

뒤틀린 낱말들이 비틀비틀 걸어간다
상승기류 편승한 사람들 나 떠난 자리
만취한 늦가을 저녁 작은 등을 내건다

남수각 소묘·3

냉동 꽃게 손질하는 그 여자 눈매가 곱다
바다를 건너온 사람 바다 앞에 다시 앉아
심연의 꿈을 다듬어 햇살 아래 펼치는

저 작은 꽃들의 미소 낮은 곳에 내려앉아
입과 귀 다 막고도 박자 맞추며 뛰는 심장
다문화 뒤섞인 삶도 푸른 손을 내밀고

흘러 흘러 들어와 섬을 이루고 사는 것이
남수각 아래에 사는 들풀만은 아니구나
귀에 선 사투리 말투 꽃이 피고 있었다.

남수각 소묘·4

디지털 카메라도 흑백모드로 바뀌는 오후
청동의 생선꾸러미 역광을 빠져나와
메마른 비늘을 털며 시장 안을 헤엄치면

데시벨 수치만큼 하루치 삶을 판다
허기진 바람들도 단골로 찾아와서
지금 난 얼마인가요 좌판 위에 나 앉고

범람한 눈물만으로 바닥에 내몰리는
싸구려 감정 따위 환경정비로 쓸어내도
어느새 덤으로 얹히는 생선 등이 푸르고

이름 없이 사는 것이 어디 나 혼자뿐이더냐
발길 사이 갇혀버린 한 평 반 좌판 안엔
갈앉은 말줄임표가 퇴적층을 이루고…

겨울 억새

적자 계산 메꾸기 위해
머리숱 다 빠져버린

십오 도쯤 고개 숙인
억새들이 서 있다

북서풍 목소리 높이며
먼 들판을 깨울 때

고위직 소나무들
슬금슬금 붉어지는

방제선도 뚫려버린
적자생존의 저 들판

침묵의 느낌표들이
다수결로 서 있다.

겨울 억새·2

한복판
가슴에다
바람길 내주고도

마디마디
고비 넘는
저 찰진 배포 좀 봐

붉은 빛
핏기가 도는
뒤꿈치의 오기를

좌절과 휘어짐은
저들만의 이름이야

살집 줄이면서
내줄 만큼 내준 자리

마지막

심지를 타고
초록물이 오른다.

하산下山하는 사월

가슴의 크기만큼 바람이야 품는 거라지만
이름도 사랑도 머물지 않았더라
조릿대 흔적 묻으며 산 위로만 오르고

생사의 넘나듦이 저 돌담 틈에 있어
거절당한 손금 쥐고 한 사내의 등을 받았던
바람도 이곳에 와선 칼날들을 내리고

끊겨버린 시간도 길이었다 할 수 있을까
움푹 파인 발자국이 앞장서는 4월 아침
한라산 이덕구 산전이 산 아래로 내린다

노을 · 3

그 해
페이지엔
검붉은 발자국만

어디에도 닿지 못한
말소된 진실들이

색깔의
경계를 넘어
한 몸으로
섞이는,
저!

비 온다

목 쉰 깃발들이 깃을 내린 저녁 무렵

현수막 글자로 박힌 절규의 주장들도

제 색깔 어둠에 지우며 잠자리에 드는 시간

열두 번 돌고 도는 어린 전경 어깨 위에

직각으로 서 있는 단절된 휀스 위에

오답지 빗금을 치듯 강정마을 비 온다

강정천 징검다리

물속에서 이끼만 돋던
침묵의 낱말들이

한 발 한 발 일어서서
강정천 건너간다

야사野史로
잠길 순 없어

긴 문장을
잇는다.

볍씨의 꿈

백미 속에 섞여 있는 볍씨를 골라낸다
정미소 기계 틈에서 옷깃 하나 깎이지 않은
필사의 의지 의지를 한 쪽으로 모은다

순종의 밥그릇에 반역의 씨앗일까
저 혼자 다른 모습 꿈을 품은 죄목일까
금속성 쪽집게 끝이 정수리를 겨냥하면

빈익빈 부익부의 이상 기온 심한 나날
씨눈마저 깎여버린 백치의 백미들 사이
자존을 지켜낸 볍씨 수직의 결 세운다

인동초

하늘의 뜻이 닿아 향기 이리 진하구나
흰나비, 나비 나는 유월의 돌담 위에
초록의 터전을 고른 선녀들의 발이 곱다

손발 묶인 혹한에도 몰래몰래 모아 둔 피
겨울을 견디어야 그 이름 붙는다지
가슴이 하얘질 때쯤 폭탄처럼 피어난

양심의 넌출들이 사방으로 일렁일 때
그 그늘 그 아래에 무심한 햇살의 뒤편
노랗게 떨구어내는 저 야속한 땅의 정의

행동하지 않는 양심 그도 악의 편이라던
가을을 만나는 밤 함께 켜든 유지의 촛불
광야의 뒤편에 서서 푸른 웃음 짓는다

아침 여섯 시

밤새 드리웠던 기다림이 흔들렸다

스물두 살 처녀의 젖봉오리 저 오름

꿈처럼 커튼 사이로 실루엣을 그리고

첫 시작이 붉은 건 수줍음 때문일까

친친히 얼굴 드는 이마가 눈이 부셔

새들은 하루를 물고 서쪽으로 떠난다

가뭄

하늘도 기어이 화를 내는 것일까
사대강 물줄기 권력 안에 갇히고
도막난 울음소리도 그쳐버린 이 땅에서

말 한마디 건넬 수 없다. 모질게 다문 입술
바득바득 돌아서서 바닥까지 내려가면
시커먼 치부들까지 부끄럼 없이 드러나고

한 방울 단비 같았던 양심들도 말라버린
낮 뜨거운 이 여름을 또박또박 증언하라
거북등 갑골문자가 현대사를 다시 쓴다.

산의 침묵

하늘도 나무도 길도 말끝을 흐리는 오후
순백의 표정을 띤 눈발도 굵어지면
정체된 도로의 맥박
붉은 신호를 보낸다

절대로 꺾이지 마라 깜빡깜빡 깜빡깜빡
뒤틀린 언어에 묻혀 색깔을 놓치고도
저 홀로 당당하거라
오래된 나무들이

길조차 표정을 지운 일자형의 세상에서
이 겨울 산의 침묵 내 안에서 깊어지고
진실의 중심을 찾는
전조등이 바쁘다.

한라봉꽃 솎아 내며

팔자걸음 작은 보폭 귤꽃들을 따낸다
가지 하나에 꽃 하나 일직선 명제 앞에
잉여의 하얀 영혼들 별똥별로 내리고

상위 일퍼센트 그 꽃들이 우선이야
과정도 사연도 없이 태생으로 결정되는
이 시대 상품의 가치 절벽처럼 단호해

위치를 파악하라 중산층 꽃눈 속에서
상처 깊을수록 향기 또한 진하리라는
진부한 구절 하나를 기둥처럼 붙잡는 이

능란한 손놀림이 목을 조여 오는 시간
완강히 등을 돌린 곁가지 꽃망울 하나
이파리 방어막 뒤에서 눈동자가 커진다.

잃어버린 마을
—곤을동

흔들리는 마음마저 무리 짓고 살았다
언덕배기 돌담마을 설화처럼 피고 지던
구전된 이야기들이 해무처럼 번진다

밖으로 나간 길은 돌아오지 않았다
시간의 뿌리 밑으로 드러누운 마을 터
방치된 그날의 기억 넝쿨로 자라고 있는

짐작이나 할 수 있을까 그리움의 저 깊이
별도봉 절벽 가슴이 하얗게 타던 날들
돌아온 바다의 눈물 돌탑으로 쌓이고…

관탈섬

홑이불 한 장 아래 이저승이 흥건하다
시류를 타고 가다 관을 벗은 그 지점
생사의 경계선마저 하늘인 듯 물인 듯

저기 저 해류 편에 그 소식이 전해올까
흐르는 세상 따라 가지 못한 죄목으로
푸르던 내 이름 석 자 저 물새도 잊었나

등 돌린 가슴에 떠난 이의 자리 없고
한 굽이 또 한 굽이 넘는 게 사는 거라
제주해 회한의 물살 멀미일 듯 넘어서고

태생의 호적등본 처음부터 없었다
바다와 육지 사이 어디에도 적을 못 둔
외줄기 수평선 타며 눈물짓는 사생아

제 4 부
나리꽃 처용가

봄 봄

장편소설 줄거리 잡고
겨우내 고심하던

벚나무 가지 가지
에피소드 피어난다

하얗게
명작 한 편이

완성되는
이 봄날

목련

1

나이 한 살 더 느는 게
영 못마땅했던 거야

이파리 뚝뚝 떨궈 놓고
털외투 푹 뒤집어쓰고

겨우내
문 걸어 잠근
고집쟁이 저 영감

2

친손녀 재롱에는
왕고집도 다 꺾여

봄 햇살 웃음소리
가지 몇 번 흔들더니

슬며시

78

방문 열었네

벙글벙글
피었네.

나리꽃 처용가

억울해요
결백해요
속 뒤집어 보일까요

벌건 대낮
부끄럼 없이
치마 걷은 저 여인

디리가
여섯이구나

딴 살림을
차렸어.

조신하게 두 손 모아
고개 숙였던 그 속내

들통난 오점들을

정수리까지 뒤집다가

한여름
따가운 눈총에

나리꽃
지고 있다.

벽을 깨는 봄

봄이 쓰는 에세이
초고를 잡을 무렵
콘크리트 벽을 타는 실금 하나 보인다

금이 간
시간을 따라
슬픔들도 고이고

건주체 외긴 따라 얼음살도 박혔을
깍지 낀 고집들이
만연체로 풀어질 때

내 안의
작은 길 하나
벽을 깨고 있었다

양파꽃

호르몬 이상이야
말이 많아지는 이유

겹겹이 감춰뒀던
매운 뜻도 풀어놓고

비밀의
방문을 열어

수다스럽게
피는
꽃

바다의 악보

하늘이 저혈압으로 바다에 누운 날은
그 바다 오선지에 음표들이 걸린다
한 치 쯤 눈높이 아래 일분 쉼표 찍으며

눈 뜨면 아침이고, 돌아서면 저녁이듯
어쩌면 이 길에도 되돌이표 숨어 있나
날마다 낮은음자리 높은 데를 꿈꾸는

오르내린 옥타브미다 희망 한 음 절망 한 음
오늘은 내 목소리 어느 음을 타고 있나
엇박자 못 갖춘 마디 수평선을 넘는 날

노을 초가

살만큼 살다보면 말없이도 통하는가
키 낮은 늙은이의 살비듬을 털어내며
바다에 자리를 펴는 초가 한 채 있었다

단 한 번 바람에게 마음을 열고나서
씨줄 날줄 묶인 채 예까지 살았구나
해넘이 바다에 나와 죽지께를 허물고

노파의 배웅에는 말치레도 아끼는 법
바다도 입을 다문 한담동 이곳에서
마지막 초가집 한 채 묵은 생이 저문다

가을 예덕나무

오랫동안 기다렸나 봐
그새 더 야위어져

가지가지 노란 손수건
소지燒紙 하듯 걸어 놓고

그 사람
언제쯤 올까

갸웃갸웃
거리는…

품안에서 잠드는

표정 없는 바위마다 산산이 부서졌죠
갯가의 흙에선 그 남자 향기가 난다던
서른 살 이국의 그녀 잔주름이 출렁였어

나비 같은 꿈을 좇아 바다를 건넜어요
거품 꺼진 자리마다 돌아설까 돌아설까
눈동자 밀물이 들 땐 목이 잠겨 있었지

손짓 발짓 몸짓만으로도 꽃은 또 피더군요
반복법 서툰 말투도 끄덕끄덕 알아듣는
해안선 젖은 품안에 어깨 내리는 저 파도

귀빈사 팽나무

잊혀진 이름이 말없이 늙어간다
허리 굽힌 팽나무 혼잣말 늘어가고
한겨울 나그네 같은 햇살 한 줌 지난다

계절 따라 변하는 게 나무만은 아니지
한여름 부귀영화 무성하던 사람들도
수북이 이름표 내리며 빈 가지가 되었을까

지나간 모든 일을 나이테로 사려넣고
그림자 길게 늘이며 왔던 길 되돌아 갈 때
마지막 가지 하나가 노을 쪽으로 기운다

* 귀빈사: 제주도 송당 민오름 입구에 있는 이승만 전 대통령 별장 이름.

삼성혈 목백일홍

곧은 길 없었느니 누천년 가계도 같은
가지가지 후대손 그 끝에서 피어난
꽃망울 입술이 붉은 그게 바로 나였느니

삼신인三神人 화살촉에 꽃봉오리 터지는 순간
벽랑국碧浪國 세 공주의 쇄골 안쪽 고인 햇살
후루룩 허공을 차고 천년 하늘 날아와

불꽃처럼 타오르는 탐라국 백일기도
뿌리에 뿌리를 딛고 토굴을 벗어나와
한라산 천구백오십 그 높이를 맞추던

네 뿌리는 여기였느니 지팡이 짚고 서서
비 내리는 대지에 붉은 기억 꽃을 바치는
삼성혈 목백일홍의 갈비뼈가 성글다

노을 · 2

네로의 즉흥시마다
아우성이 검붉다

삭제된 소리 너머
불에 타는 저 도시

또다시
눈을 감는다

페이드아웃fade-out

암전暗轉

습작일기

박박 찢은 종이처럼
새들 날아오른다

한 줄 시도 못 되고
흩어지는 저 단어들

하늘색
빈칸으로 남은

전깃줄이
팽팽하다

거미의 집

고성능 촉수 펼쳐 바람을 잡으려 했어

기하학적 언어 쓰는 나만의 왕국에서

본능적 감시의 덫을 달빛 아래 펼쳤어

머물지 못하는 건 바람 탓이 아닐 거야

거미줄 그늘 속에 허기만 걸려드는

허공집 남루 위에다 또 하루를 깁는다

체온을 맞추고

열에 들뜬 안개가 11월 숲에 든다

뒤끝 긴 여름장마 여기까지 날 따라와

기어이 계절 하나를 지워내고 있을 때

어긋난 게 무엇일까 낯이 선 이 숲 속

고열과 오한 사이 기침처럼 낙엽질 때

잔가지 싹 다 지우며 수직으로 서 있는

온전히 스며든 적 한 번이나 있었던가

세상에 겉도는 것들 혀끝으로 다독이다

나란히 체온을 맞추고 내려앉는 저 안개

겨울비

화살을 맞고 나서야
과녁인 줄 알았어요

오래된 연못 위로
빗방울 떨어진다

양심의
정곡을 찌르는

저 차가운
깨달음

해설

40대 불꽃 시혼으로 꽃피운
은유의 미학과 반전의 시학

40대 불꽃 시혼으로 꽃피운
은유의 미학과 반전의 시학

오 종 문 _시인

1

현대인은 시집을 읽기에 너무 바쁘다. 보고, 듣고, 즐길 것이 많은 세상이기 때문이다. 그래서 독자를 잃은 안타까움이 거론되고, 고독한 방에서의 시 읽기도, 즐거움의 가치도 사라져간다고 혹자들은 말한다. 그럼에도 인간의 삶은, 특히 시인의 삶에 있어 반전의 순간은 대개 시적인 순간이다. 이 반전의 순간이 바로 시의 힘이다. 삶과 죽음, 과거와 미래, 기억과 현실, 만남과 이별, 문명과 자연 등과 같은 두 개의 축 사이에서 그것들과 더불어 살아가며, 따스한 반전을 꿈꾸는 시인들 모두가 시적인 존재이다.

김연미의 첫 시조집『바다 쪽으로 피는 꽃』시편들은

끊임없이 이해를 구하는 시, 치열한 시정신을 갈구하면서 완벽함을 추구하려는 고뇌가 가득한 감옥이었다. 처연하기도 하고, 슬프기도 하고, 아프기도 하고, 억울하기도 하고, 평화롭기도 하고, 나른하기도 하다. 하지만 시를 향한 열정과 시 행간에 녹아 흐르는 시대정신이 살아 꿈틀대고, 성실하게 자신의 삶과 타인의 삶을 돌보며, 자연 이미지를 통해 끊임없이 은유의 반전을 시도하고 있다. 시의 행간에 살아 튀는 이런 반전의 힘, 그 세세한 내막들을 느낄 수 있었기에 시 읽기가 즐거웠으며, 신선한 상상력 속에서 발견되는 삶의 전환을 찾아내는 기쁨도 맛보았다.

김연미의 시가 잘 읽히는 이유는 어렵지 않다는 데 있다. 편하고 부드럽고 은유적이다. 이 편안함 속에는 독자라는 한쪽 날개를 잃어버린 난해한 현대시에 대한 신선한 항변이 내재하고 있다. 주류 시단에서 벗어난 부드러운 저항, 부드러운 강함, 내면의 고백 그리고 시심 회복과 생명의 정당성 회복이라는 건강한 메시지가 독자와 이어주는 힘이다. 지극히 일상적인 것에서 이야기를 끄집어내 곁에 있는 이들에게 말을 건네 듯 시를 이끌어간다. 독자와의 거리는 너무 밝지도 너무 어둡지도 않은 촛불 하나쯤 밝기의 거리, 그 불빛 아래 놓인 탁자를 두고 서로 마주앉은 거리로 사색적인 거리라 할 수 있다. 다툼과 미움이 들어설 틈이 없는 고요한 촛불 속의 거리이다.

2

김연미는 '시를 쓴다'기 보다는 '시를 누린다'라는 표현이 더 적절하다. 그의 시는 자연과 이웃과 내 주변의 사물, 그 무엇보다도 그 자신과 가깝기 때문이다. 시는 특이하고 뒤틀린 것이라는 부정적인 선입관을 가진 독자들 마음까지도 쉽게 열고, 마치 번지는 저녁놀을 따라 저무는 숲 속으로 무심코 걸어 들어가듯 그가 제공하는 세계 속으로 은연중 몰입되고 만다. 우리와 가장 가까운 일상의 이야기를 통해 개인이 꿈꿀 수 있는 고요하고 편안한 장소를 제공하고, 섬세하고 깊은 사색의 손을 내밀어 개인사에 부드러운 의미를 부여한다. 이처럼 김연미의 시는 우리를 사색의 미로로 유인해 예측할 수 없는 은유의 숲에서 아름답게 꽃피워낸 시편들을 만나게 해준다.

어제
바람 불고
오늘
파도가 높다

수직의 허공을 날아간
꽃잎들은 어찌 되었을까

별도봉

벼랑에 걸린

백치 같은

들국 핀다

—「바다 쪽으로 피는 꽃」 전문

　시집의 표제작인 이 시는 짧고 간결하면서도 한 폭의
수채화를 보는 것처럼 이미지를 승화시킨 작품이다. 바
다의 소금기가 바람에 날리고 꽃을 피우기에 거친 환경
인 절벽 바위틈에 뿌리를 내리고 꽃을 피워낸 들국, 그
들국이 아름다운 것은 화원에서 피어난 것이 아닌 자
연의 거친 환경을 이겨내고 피어난 들국이었기 때문이
리라. 아니 사람의 품안이 아닌 신의 품안에서 피어났
기 때문이다. 어제는 바람이 심하게 불고 오늘은 파도
가 높음에도 백치의 순수한 들국이 해안 절벽에 피어나
는 동시에 꽃잎들이 바람에 하르르 날려 바다로 떨어지
는 것을 상상해 보라. 시간과 공간으로의 이동, 세속적
인 것에서 추월적인 것으로의 이동 그리고 제자리를 지
키며 무리지어 피어난 숭고한 꽃이라는 사실을. 그러나
화자는 들국이 쉽게, 단순하게 피어난 것이 아니라는
사실을 보여준다. 꽃과 사람 사이, 자연과 인간 사이에
밀고 당기는 유혹과 매혹의 힘 놀이가 바로 그것이다.
벼랑에서 "수직의 허공을 날아간/ 꽃잎들은 어찌 되었
을까"하고 묻고 있는 것이다. A에도 속하지 못하고 B에
도 속하지 못하는 자, 제 삼자로서의 A이면서도 B인 삶

의 고충과 아름다움을 시의 행간 속에 녹여내고 있다. 꽃은 꽃일 수밖에 없고 뿌리는 뿌리일 수밖에 없는 정당성, 남은 자는 남은 자일 수밖에 없고 떠난 자는 떠난 자일 수밖에 없는 현실이라면 무슨 깊은 맛이 있겠는가. 고요함 속의 수선스러움이, 평화 속의 어지러움이, 탈출 속에 구속이 드리워지지 않았다. 다만 피는 꽃과 이미 져버린 꽃들이 기억하는 그 속에 미묘한 존재의 떨림이, 변화의, 탈출의 아름다움만 남아 있다.

    호르몬 이상이야
    말이 많아지는 이유

    겹겹이 감춰뒀던
    매운 뜻도 풀어놓고

    비밀의
    방문을 열어

    수다스럽게
    피는
    꽃

  인용한 「양파꽃」 또한 이미지를 은유로 승화시킨 수작이다. 양파꽃이 피는 장면을 놓고 "호르몬 이상이야/

101

말이 많아지는 이유"라고 내지르면서 "비밀의/ 방문을
열어// 수다스럽게/ 피는/ 꽃"이라고 마무리하고 있다.
이 시만이 아니다. 김연미의 단시조 감각은 은유의 극
치를 달리고 있다. 부용화를 놓고 "전세자금 부족한가
봐/ 부용화 마른 봉오리// 보따리/ 보따리 이고/ 장독대
만 닦고 있네// 신구간/ 다 지나도록// 이삿짐을/ 못 푸
네"(「겨울 부용화」)라고 하는가 하면, 목련 꽃봉오리를
놓고 "나이 한 살 더 느는 게/ 영 못마땅했던 거야// 이
파리 뚝뚝 떨궈놓고/ 털외투 푹 뒤집어쓰고// 겨우내/
문 걸어 잠근/ 고집쟁이 저 영감"(「목련」)이라고 풀었
으며, 겨울비는 그냥 내리는 비가 아닌 무기인 화살이
며 자신은 그 표적인 과녁이라고 표현한 「겨울비」에서
는, 그 비를 맞는 순간 "양심의/ 정곡을 찌르는// 저 차
가운/ 깨달음"이라고 말한다. 또 노을에 대해서는 "그
해/ 페이지엔/ 검붉은 발자국만// 어디에도 닿지 못한/
말소된 진실들이// 색깔의/ 경계를 넘어/ 한 몸으로/ 섞
이는,/ 저!"(「노을·3」)라고 마무리해 독자에게 상상력
을 제공한다. 그런가 하면 수국을 놓고서는 "밤마다 머
리맡에 푸른 등을 달"고 "두려움과 호기심 사이/ 꽃 안
에 꽃을 피우며 길을 찾고 있"(「수국」)다고 했으며, 억
새를 두고는 "적자 계산 메우기 위해/ 머리숱 다 빠져버
린", "방제선도 뚫려버린/ 적자생존의 저 들판"에 "침묵
의 느낌표들이/ 다수결로 서 있다"(「겨울 억새」)라고 말
한다. 이처럼 화자는 사물을 바라보는 뛰어난 관찰력

102

에 직관의 능력을 부여해 은유의 꽃을 피워내고, 그 위에 상상력을 불어넣는 시적 역량은 결코 하루아침에 이루어진 것이 아닌 많은 시간 고통을 맛보며 맺은 달콤한 열매라는 사실이다.

억울해요
결백해요
속 뒤집어 보일까요

벌건 대낮
부끄럼 없이
치마 걷은 저 여인

다리가
여섯이구나

딴 살림을
차렸어.

조신하게 두 손 모아
고개 숙였던 그 속내

들통 난 오점들을
정수리까지 뒤집다가

한여름
따가운 눈총에

나리꽃
지고 있다.

　　　　　　　　　　　　　　—「나리꽃 처용가」 전문

　인용 시에서 가슴에 와 닿는 구절은 둘째 수의 "한
여름/ 따가운 눈총에// 나리꽃/ 지고 있다"라는 종장이
다. 언뜻 시의 배경 음악처럼 들려오는 이 구절은, 실은
시적 모티브인 동시에 중심 목소리로 두 가지를 말해준
다. 하나는 속인들의 삶에 대한 절박함의 서술이며, 또
하나는 방문객이며 구경꾼인 시인 자신에 대힌 객괸적
시선의 서술이다. 인간이 신화와 현실 사이, 도덕과 부
도덕 사이, 개인의 욕망과 자비 사이에서 고뇌하고 망
설이고 번뇌하는 존재임을 부인하지 않는다. 사람은 이
어리석음으로 인해 사람다운 질감과 매력을 갖추게 되
기 때문이다. 시를 통해 무엇을 말하려고 한 것일까. 우
리 모두는 사람이라는 사실이다. 나 아닌 많은 것을 이
해하고 우리 아닌 많은 것을 우리라고 부르며, 그들의
슬픔과 열망과 희망을 이해하고 느껴보는 고독한 존재,
스스로를 격려하고 때로는 학대하고 그래서 영혼을 키
우는 어리석은 존재, 밥만으로 크지 않는 특별한 존재,
단순히 교미하지 않는 고집스런 존재, 그러나 이 모든

허접스런 욕망의 세계를 영원히 떠나지 못하는 존재, 그러므로 언젠가 다시 돌아와 우리 속에 섞이는 존재, 그래서 우리에게 가장 정겹고 사랑스런 우리가 바로 사람이라는 사실이다. 그래서 김연미의 시에는 사람 냄새가 나고, 그 냄새가 우리를 시의 행간 속으로 이끈다.

3

김연미의 시집 속에는 치열한 삶을 살아가는 40대의 색깔을 찾기 위한 고민을 엿볼 수 있다. 공자는 온갖 유혹에도 흔들리지 않고 자신의 모습을 찾아가는 나이가 불혹이라 했지만, 현대의 40대는 흔들리는 바람이고, 끝없이 뻗어 오르는 나무의 바람 잘 날 없는 가지이다. 도무지 빛깔도 형체도 알 수 없는 색깔로 나를 물들이고, 갈수록 내 안에 숨겨진 욕망의 파도는 거센 물살을 일으키고, 처참히 부서져 깨어질 줄 알면서도 끊임없이 도전하고, 자식을 위한 일에는 물불 안 가리는 더없이 무기력한 40대, 지나는 세대와 다가오는 세대를 넘나드는 과도기 세대, 너무 가늘어서 눈에 잘 보이지도 않는 세월이라는 동아줄이 내 몸을 꼼짝 못하게 꽁꽁 묶어버린 나이가 바로 40대가 아니던가. 그렇다면 김연미에게 40대는 어떤 의미일까. 화자가 고백하는 40대는 "손을 놓친 불혹이 미아처럼 서 있"어 "초저녁 가슴 밑으로 듬성듬성 바람"이 불고, "반쯤 뜬 가로등 불빛/ 저 혼자 앞장"서 가면서 "이렇게 살아도 될까/ 발부리가 따갑고", "내 수첩의 빈 페이지/ 비어 있는 쪽으로만 몰려가는 사람들 따라/ 오늘도 마침표 자리/ 밤이 길게 서 있"(「밤이 길게 서 있다」)는 40대이며, "생과 사 그 사이에 파닥이는 탈출의 꿈"을 "은빛의 밧줄 당겨 운명 안에 가둬넣고/ 나비의 몸속 깊숙이 독침 찔러 넣"었지만 "씨줄과 날줄 사이 한 층 탑도 쌓지 못한/ 이차원 설계도 안에 저 혼자서 갇혀 있는"(「거미의 설계도」) 채 "경계의 직선 위에서"(「직선 위에서」) 방향을 잃은 늘 위태로운 40대이다.

> 깃 내린 한 바다가 바닥까지 비에 젖네
> 빈 몸을 내묶인 채 말이 없는 저 고깃배
> 님루의 매립지 너머 뿌리까지 드러낸
>
> 어디를 어떻게 돌아 여기까지 내가 왔나
> 마흔 살 끝자락에 난파된 이름들이
> 형체도 영혼도 없이 거품으로 떠다니고
>
> 파도의 갈피에 접힌 항로의 흔적들이
> 제각기 제 모습대로 돌아온 도두항에
> 가만히 어깨를 내린 가로등이 켜진다
>
> ―「마흔 살의 귀항」 전문

그렇다. 김연미는 "깃 내린 한 바다가 바닥까지 비에

젖”고, “빈 몸을 내묶인 채 말이 없는 저 고깃배”이며, “남루의 매립지 너머 뿌리까지 드러낸” 마흔 살로, 화자의 40대 바다는 비가 내리면 바닥까지 젖는다고 말한다. 희망 혹은 꿈으로 상징되는 바다, 그 바다가 바닥을 드러내 비에 젖는 것이다. 화자의 꿈이, 희망이 사라져버린 40대이다. 고깃배는 고기를 잡기 위해 바다로 나갈 때 제 역할을 다하지만, 고기를 잡을 수 없어 포구에 묶여 있는 배는 폐선에 불과하다. 그러기에 화자로 치환되는 고기배가 포구에 묶여 있듯 자신의 40대 또한 그러하다고 토로한다. 아니 기름진 땅은 고사하고, 매립지에도 속하지 못한 남루한 자신의 모든 것을 드러낸 채 아무것도 할 수 없는 40대라고 묘사하고 있다. 그리고 둘째 수에서 현재 자신의 40대에 대해 구체적으로 말한다. “어디를 어떻게 돌아 여기까지 내가 왔”으며, “마흔 살 끝자락에 난파된 이름들이/ 형체도 영혼도 없이 거품으로 떠다니고”있다고. 화자는 삶의 중압감과 발전적인 미래의 전망을 그리지 못하는 자신을 난파된 채 영혼도 없는 거품으로 떠다닌다고 말하고 있지만, 나름대로는 사회생활에 적응하고 자리 잡기 위해 열심히 살아온 40대였다고 역설적으로 말하고 있다. 40대가 되면 세월을 되돌리고픈 욕구가 생겨나는지도 모른다. 다시 20대로 혹은 30대로 돌아갈 수 있다면 모든 것을 완벽하게 해낼 수 있다는 자신감, 치밀한 계획을 세워 시간 낭비를 하지 않고 지금보다 더 나은 삶의 포트폴리오를 만들 수 있을 것이라는 희망이다. 어쩌면 자신의 삶을 되돌아보며 성찰할 수 있다는 것은 마음의 여유가 생겼다는 것일 수도 있다. 지금까지 살아온 삶의 무늬들이 "파도의 갈피에 접힌 항로의"흔적들처럼 선명하게 보이게 되면서, 사는 동안 계획했던 수많은 일들을 실행에 옮기지 못했거나 실패했거나 좌절되었거나 혹은 아무런 계획도 목적도 없이 살아온 흔적들, "제각기 제 모습대로 돌아온"것들을 이제 그만 내려놓고 싶은 것이다. 지금까지 무기력하게 살아온 자신의 삶에 대한 회의, 지난 어두운 잘못된 것들을 다 내려놓고 미래에 대한 희망의 가로등을 켜고 싶은 것이다. 제목에서 시사하듯, 화자는 이제 사나운 삶의 바다가 아닌 편안히 안주할 수 있는 항구에 돌아와 후회 없는 또 다른 40대의 삶, 미지의 삶을 개척하기 위해 또 출항할 준비를 꿈꾸고 있는 것이다. 삶의 "알피엠 높아지는 마흔 살 중턱에서" "생각의 병목현상 깊어지는 이 가을"에 백미러에 비치는 자신의 삶을 돌아보고 싶어 한다. 그리고 "가끔,/ 뒤처진다 느껴질 때" "내 삶의 문단처럼 주차된 차량들 뒤로/ 깜박이 시동을 끄고/ 쉼표 하나"(「가을의 쉼표」) 마음속에 찍고, 새로운 목적지를 향해 궤도를 수정하고, 어떤 일에 열정이 부족했다면 더욱 그 일, 문학에의 불꽃을 피우고 싶은 것이다.

    갈 데까지 가는 거야 원초적 미지수 찾아

108

제가 가진 양 만큼씩 할 일 끝낸 이름들이
손 털며 돌아가 버릴 맨 끝의 그 길까지

더하거나 빼거나 결국엔 똑같다는
나눈 만큼 곱절이 되는 삶의 공식들이
굳건히 참이라는 걸 형제처럼 믿으며

마음을 주다보면 얼굴마저 닮아질 거야
몸 비비며 산다는 동류항 저들끼리
어느새 길도 같아져 보폭마저 같아져

먼 길 돌아 돌아 결국엔 제 속에 드는
홀로 남은 X의 값이 나와 마주 설 때
거기에 정답이 있을까 바다 되어 눕는 날

—「마흔 살의 방정식」 전문

　인용 시는 문학에의 열정의 불꽃을 피우고자 하는
화자의 열의를 느낄 수 있는 작품이다. 체념도 포기도
안 되는 나이, '나' 라는 존재가 적당히 무시되어 버릴
수밖에 없었던, 나도 모르게 여기까지 와버린 시기였기
에, 지금까지 완벽하게 풀어내지 못한 문학의 방정식을
풀기 위해 "갈 데까지 가는 거야 원초적 미지수 찾아"
"손 털며 돌아가 버릴 맨 끝의 그 길까지" 갈 것이라고
단호한 결기를 내보인다. 그 길이 "굳건히 참이라는 걸"

믿으면서 말이다. 비록 먼 길을 돌아갈지라도 원하는 것들이 마음속에 깃들어 "홀로 남은 X의 값이 나와 마주 설 때"까지 가겠다는 치열한 시정신의 다른 표현이다. X의 값을 찾기 위한 그 길이 험난하고 고통스러울지라도 "잡어雜魚들만 가득한 비릿한 갑판 위엔" "빠져나간 생각들은 대어大魚로 돌아올" 것이라 믿으며, "그물코 성긴 틈새를 희망이라 믿으며/ 더 깊은 어둠 끌어와 불빛들을 밝"(「밤에 쓰는 시」)히는 것이다. 지금까지는 "사설만 풀어대다 쉼표 하나" 찍지 못하고 "전조등도 켜지 않은" 채 성급하게 추월하려만 했던 마음을 접고, 오직 외길이라 믿는 시의 길에 "끝점에 마침표를 찍"기 위해 그동안 "눌러놓은 야생의 기질 뾰족뾰족" 세워 달리면서도 속도를 내지 않고 가끔은 우회로를 부드럽게 돌고 싶어 한다. "속도를 버리고서야 스스로 길이 되는"(「우회로에 뜨는 별」) 것, 화자는 그것을 깨닫고 자신 앞에 떠오른 별을 발견한다. 그리고 그 별이 자신에게 온다는 강한 믿음을 키운다. 아직까지는 1, 2, 3 순위 안에 들어본 적 없"지만 "시간의 뒤를 따라 우직하게 걸어가는/ 마흔넷 뒤늦은 나이 연륜이라 믿으며" "대기만성 꽃피울 날"이 꼭 올 거라고 믿는다. 아니 "초저녁 끝나 버린 꽃 잔치 그늘 건너/ 보라색 등불을 켜고/ 가만 가만"(「자목련」) 시가 찾아올 것이라고 확신한다. 모든 시인들이 시로 일가를 이루기 위해 목숨을 걸 듯 화자 또한 시로써 일가를 이루고 싶은 40대이다.

4

　김연미는 제주 땅에서 태어났고, 현재 삶의 터전인 제주를 사랑한다. 그래서 그 땅에서 희망과 사랑의 눈으로 세상을 보는 행복한 시인인지도 모른다. 시의 행간 속 어딘가에는 제주의 아름다움이 있고, 어느 작품에는 제주의 아픔이 묻어 있다. 그 위로는 제주의 바다와 제주의 땅에서 나고 자란 것들에 대해 아름답고 잔잔하게, 때로는 거칠고 강하게 표출하고 있다. 그러나 김연미의 제주 사랑은 여느 시인들과는 다른 방식이다. 깊은 애정을 가지고 바라보는 시선은 무분별하게 진행되는 난개발에 대한 고발과 시대 인식, 다문화 가족에 대한 따뜻한 시선, 인간의 자연 파괴를 고발하는가 하면 제주의 역사와 제주의 노을까지도 사랑한다. 그 위에 개인사적인 아픔을 시편 곳곳에 심어놓고 있다. 시 「그리움의 시작점에서」 밝히고 있는 것처럼, 화자에게 있어 제주는 시의 모티브로 "무성영화 장면 위로 꿈결처럼 들려오는/ 어머니 물 긷는 소리, 아이들 빨래 소리"가 들리는, 시를 찾아가는 그리움의 시작점이다.

　　최루탄 터지듯이 벚꽃은 만발했다
　　가로막힌 언어들이 대자보에 피다 지는
　　이십대 내 시첩 안에서 그 이름은 폐허였다

　　우루루 섬의 바람 골목을 빠져나와

111

오르막 눈앞 두고 무너져 내린 개발의 파편
가슴 속 깊숙이 박혀 빼낼 수가 없었다

일상 앞에 덧칠되는 망각의 시간 안에서
이름만 겨우 남기고 새로 판을 짜는 이곳
2배속 화면 끝점에 나 이제야 와 섰다.

─「남수각 소묘·1」 전문

    위의 시는 제주판 달동네라 부르는 남수각 주변의 풍경에 대한 연작시 중 문을 여는 서시라고 말할 수 있다. 남수각은 하천 계곡을 가운데 두고 암벽 위에 촘촘히 가옥들이 들어서 있는, 제주의 근대화 역사를 엿볼 수 있는 곳이기도 하다. 1946년 4월, 모슬포에 국방경비대가 창설되면서 형성된 마을, 더 거슬러 오르면 고려 말과 조선 초에 왜구의 노략질을 막기 위에 제주읍성의 석성을 쌓을 때 세운 다락누각이 있던 곳이다. 지금은 그 영화가 사라지고 집들이 위태위태하게 서 있는 허물린 담장에는 덩굴식물들이 자라고 있으며, 남수각 하천의 풍경 뒤로는 빌딩들이 위용을 자랑하듯 서 있는 곳이다. 화자는 이런 풍경들에 대해 고화질 카메라로 남수각의 현장을 낱낱이 찍어내고 있다. "이야기책 삽화처럼 그 아이 앉아 있던/ 계단 계단 올라서도 여직껏 거기 그 자리"(「남수각 소묘·2」)에 작은 비탈을 끼고 주인 잃은 빈집들이 오랫동안 버티면서 위태위태하게 서 있고,

한때 동문시장이 번창하던 때 입점하지 못한 사람들이 이룬 그 마을 남수각 아래에는 이제 "바다를 건너온 사람"이 "바다 앞에 다시 앉아" 냉동 꽃게를 손질하는 다문화 여성도 "흘러 흘러 들어와 섬을 이루고"(「남수각 소묘·3」) 살아가는 곳이다. 그 옛날 "범람한 눈물만으로 바닥에 내몰"려 노점상 형태로 장사하면서 이름 없이 살아갔던 장소로 많은 사람이 오갔던 곳이지만, 지금은 "발길 사이 갇혀 버린 한 평 반 좌판 안엔/ 갈앉은 말줄임표가 퇴적층을 이루"(「남수각 소묘·4」)는 곳으로, 디지털 카메라도 흑백모드로 바뀐 서글픈 남수각이다. 화자는 사람 사는 땀 냄새가 사라지고 제주의 원형이 사라져 가는 것에 대해 안타까워한다. "언덕배기 돌담마을 설화처럼 피고 지던/ 구전된 이야기들이 해무처럼 번"(「잃어버린 마을」)져 가는 곳, "뿌리 질긴 것들만 모여 사는 오름"처럼 "속전속결 4G급의 속도전 바람에도/ 맨 땅에 바짝 엎드려 제 뿌리를 또 쓸"기를 고대하며, "바람도 아이가 되는 넉넉한 품안에" "배경 없는 꽃씨들도 한 자리씩 차지해/ 단 한 번 불꽃을 위해 심지들을 돋"(「새별오름 억새」)우는 제주 땅으로 남아있기를 바라고 있다.

그리고 서귀포시 서쪽 해안 마을 강정에 해군기지 건설 발표로 인해 찬반으로 갈린 지역 주민들의 안타까운 현실에 대해 "목 쉰 깃발들"과 "현수막 글자로 박힌 절규의 주장들"이 서로 대립각을 세운다면서 "오답지 빗

금을 치듯 강정마을 비 온다"(「비 온다」)라고 목소리를 높인다. 그런가 하면 환경 파괴 실태를 고발한 「가뭄」에서는 4대강 정비로 인한 폐해에 대해 "하늘도 기어이 화를 내는 것일까"라고 분노한다. 그 "사대강 물줄기"는 지금 "권력 안에 갇혀" 무분별한 개발의 폐해를 잘 알면서도 입을 꼭 다문 위정자들의 "시커먼 치부들까지 부끄럼 없이 드러나고// 한 방울 단비 같았던 양심들도 말라버린/ 낯 뜨거운 이 여름을 또박또박 증언하라"고 말하는가 하면, 다문화 가정 여성의 힘든 삶을 따뜻한 시선으로 그려낸다. "나비 같은 꿈을 좇아 바다를 건"(「품안에서 잠드는」)너 한국에 와 새로운 삶을 펼쳐보려 했지만, 낯설고 물 설 뿐 아니라 말이 통하지 않고 문화가 다른 이국땅의 약자로서 뿌리내리고 적응하면서 살아가는 다문화 여성에 대한 배려의 시선도 보여주고 있다.

특히 언니 관련 시편들은 죽음과 삶의 경계에 존재한다. 그 경계에 서 있는 시인의 마음은 어떠할까. 어찌 보면 죽음은 인연의 긴 회랑에서 만나는 가장 뼈아픈 사건이다. 죽어서 해결되는 게 인연이라면 무슨 걱정이 있겠는가. 인연은 멈추지 않는 영원한 주고받음의 연쇄 고리로, 이 세상의 그 어떤 사건도 독립적으로 발생된 사건은 없다, 혼자 일어나는 사건도 없고, 혼자 살 수 있는 사람도, 혼자 죽을 수 있는 사람도 없다. 좋든 싫든 과거·현재·미래, 나와 나 아닌 모든 것은 함께 굴러가

는 수레이다. 구원의 자유도 평화도 개인의 문제가 아닌
우리 모두의 문제인 것은, 거대한 인연의 수레바퀴를 우
리가 함께 돌리는 것이기 때문이다. 그래서 저 먼 시작
의 순간부터 문학은 영혼의 이야기였던 것인지도 모른
다. 삶과 죽음이 서로 손을 내밀어 닿는 곳, 그리고 갈
라지는 바로 그 경계에 사람이 존재하고 또 시가 태어난
것이다. 그래서 많은 시인들이 그랬듯이, 김연미도 시를
통해 영혼과 육신의 불화를 이야기하고 또 아름다운 화
합과 용서를 꿈꾼다.

　　　웃고 있는 눈동자에도 물기가 어렸다
　　　물매화 꽃술처럼 곱게 올린 속눈썹
　　　서른의 아홉수 문턱 눈물지듯 감았다

　　　서리도 생목숨 골라 내려 앉던 늦가을
　　　살아온 날과 같은 마른 덤불 깊숙한 곳
　　　새하얀 핏빛의 얼굴 혈육 두 점 남았다

　　　눈물의 그림자 아래 상처처럼 피는 꽃
　　　열사흘 달빛 내리면 내 언니도 오는 걸까
　　　이제 막 세수를 한 듯 조카 얼굴 환하다
　　　　　　　　　　　　　　　―「열사흘 달빛 내릴 때」 전문

　인용 시는 언니의 영혼을 위해 제단 위에 향을 피워

115

올리는 제물의 노래이다. "웃고 있는 눈동자에도 물기가 어"리고 "물매화 꽃술처럼 곱게 올린 속눈썹"을 가진 언니, 서른아홉의 나이에 눈물지듯 "서리도 생목숨 골라 내려 앉던 늦가을" 그 열사흘 날 밤에 "살아온 날과 같은 마른 덤불 깊숙한 곳"에 "혈육 두 점"을 남겨놓고 세상을 떠난 언니를 위해 기일에 시의 제물을 바치고 있다. 화자에게 언니의 죽음은 아직도 "눈물의 그림자 아래 상처처럼 피는 꽃"이며, 기일인 열사흘날 밤 조카들의 환한 얼굴을 보면서 언니가 찾아올 것이라고 믿고 있다. 그런가 하면 화분에 옮겨 심은 제주의 자생식물, 별 모양의 노란 꽃을 피우는 말똥비름으로 환생하기도 한다. "저 많은 별들 중에 깃들 집 하나 없"지만 "스스로 별이 되고 스스로 빛을 품"은 꽃처럼 언니의 "그 눈망울 하늘빛에 닿았을"(「말똥비름, 별이 되다」) 것이라 믿는다. 아니 힘든 삶을 짊어져야만 했던 언니가 한겨울 젖은 옷에 얼음살이 박힌 옷을 빨던 그 샘, "손등마다 날선 삶이 갈라질 때/ 산자락 뼛골을 딛고 올 언니가 저기"(「언니의 샘」) 온다면서 언니를 떠나보내지 못하고 있다. 그런가 하면 "흐르다 멈춘 것들/ 모두 섬이 되"(「섬」)이 되어버린 것을 보면서 어머니의 뒷모습을 떠올리고, 돌담을 지날 때면 "콩 줄기 다 키워낸 육신의 빈 주머니/ 아버지/ 그렇게 우릴/ 키워놓고 가셨다"(「돌담을 넘을 때」)며 아버지를 그리워한다. 살아남은 자, 지켜준 자, 견디어준 자인 생존자가 시의 중심을 이루고

116

있는 것이다. 화자가 개인사의 가장 아픈 곳을 말하는 이유는, 죽은 자도 죽음에 이르게 한 상황도 아닌 생존자, 이승이라는 뼈아픈 대지를 살아간 자들 전체가 지닌 묵직한 슬픔의 중량을 말하고 싶어서이다. 죽은 자를 생각하는 살아있는 존재는 항상 마음이 괴롭다. 어쩌면 화자가 생각하는 죽음은 끝이 아니라 또 다른 세상을 열어가는 길이며, 죽음의 순간, 제례의 순간은 포기의 순간이 아니라 승화의 순간이라고 믿고 있기 때문이리라.

5

『바다 쪽으로 피는 꽃』은 세상이라는 남루한 바닷가에 놓인 김연미의 시편들로, 그의 시력 5년을 결산해 세상에 내놓는 첫 번째 시집이다. 시에 대한 자세는 편안하고 낙관적이며, 의미의 새로움보다는 응축된 이미지의 신선함이 두드러진다. 그러나 새로운 것은 애초에 없는 것인지도 모른다. 오늘은 끝없이 반복되는 어제이기에 새로운 것이 있다면 반복되는 과거를 보는 시선이며, 반복되는 과거를 노래하는 목소리일 뿐이다. 제주의 삶과 그리움, 개인, 사회, 역사를 넘어선 객관적 지혜와 단시조의 깊이에는 오히려 주체적이며 개인적인 생의 현실성이 튼튼하게 뿌리내리고 있다. 내면의 고독과 자유를 이해하고 그것에서 영혼의 구원 가능성까지 찾아내는 것이다. 김연미는 시를 쓰는 이유를 알고 표현해내는 기쁨을 아는 시인이다. 그래서 자신이 쓰는 시의 미래, 정형을 통해 시와의 유희를 즐길 줄 아는 사람 냄새가 물씬 풍기는 시인이다. 그렇기에 고통을 함께 나누고 따스하게 팔을 돌려주는 시라는 또 하나의 반려자를 위해 순종의 밥그릇에 반역처럼 살아남은 볍씨, "씨눈마저 깎여버린 백치의 백미들 사이"에서 "자존을 지켜낸 볍씨"(「볍씨의 꿈」)가 수직의 결을 세우는 시인이 되기를 바란다.

김연미(金蓮美)

제주도 서귀포시 토산 출생
2009년 <연인> 등단
2010년 제2회 역동문학상 우수상 수상
현, 젊은시조문학회·한국시조시인협회·오늘의시조시인회의 회원
제주작가회의 회원

바다 쪽으로 피는 꽃

ⓒ 김연미, 2014

1판 1쇄 인쇄 | 2014년 10월 10일
1판 1쇄 발행 | 2014년 10월 20일

지 은 이 | 김연미
펴 낸 이 | 이영희
펴 낸 곳 | 이미지북
출판등록 | 제2-2795호(1999. 4. 10)
주   소 | 서울 강남구 논현로113길 13(논현동) 우창빌딩 202호
대표전화 | 02-483-7025, 팩시밀리 : 02-483-3213
e-mail | ibook99@naver.com

ISBN 978-89-89224-26-6 03810

* 본 도서의 제작비 중 일부는 제주문화예술지원사업비 일부를 지원받았습니다.

이 도서의 국립중앙도서관 출판예정도서목록(CIP)은 서지정보유통지원시스템 홈페이지
(http://seoji.nl.go.kr)와 국가자료공동목록시스템(http://www.nl.go.kr/kolisnet)에서 이용하
실 수 있습니다.(CIP제어번호 : CIP2014028571)